KB275056

연신내 연가

연신내 연가

연신내 연가

2024년 3월 15일 초판 1쇄 인쇄
2024년 3월 25일 초판 1쇄 발행

지은이 | 강철옥
펴낸이 | 孫貞順

펴낸곳 | 도서출판 작가
　　　　(03756) 서울 서대문구 북아현로6길 50
　　　　전화 | 02)365-8111~2　팩스 | 02)365-8110
　　　　이메일 | cultura@cultura.co.kr
　　　　홈페이지 | www.cultura.co.kr
　　　　등록번호 | 제13-630호(2000. 2. 9.)

편집 | 손희 김치성 설재원
디자인 | 오경은 박근영
영업 | 박영민
관리 | 이용승

ISBN 979-11-90566-81-0 (03810)

잘못된 책은 구입하신 서점에서 바꾸어 드립니다.

값 12,000원

작가기획시선

연신내 연가

강철옥 시집

작가

■ 시인의 말

삐걱거리는 여닫이를 밀면

흰 가운에 키가 큰 주인이 맞는 고바우 이발관

연통에 널린 수건이 마르는 동안

꾸벅꾸벅 고개를 떨구던 상고머리 아이가

두려웠지만 한편 설레었던 세상에 나서

당당히 도전하고 못지않게 좌절도 하고

그렇게 희망과 절망이 교차하는 사이

어느덧 이른 지천명 언저리

낭만 쫓던 푸른 시절 찾아

마침내 시작한 글공부

우여곡절 십여 년 끝에 드디어 맞은 이순

주름진 빈손에 남은 건 시집 한 권

그다지는 아니고 그럭저럭은 된다며

다독여 주는 주변인 있어

용기 내어 그간의 사연을 적었다

고맙다는 정중한 인사와 함께

2024년 2월, 강철옥

차 례

시인의 말

제1부 무너미에서

제3부 돌산 갓지

제4부 가을날

제5부 정주에서 온 은하

제1부
무너미에서

무너미에서

너를
책갈피 속 단풍처럼 품었던들
장마의 생채기 이다지 깊었을까

나그네새 먼 길 재촉하는
산머루 숲 이별 노래가
장단 타며 난타하는 여울 앞에서

해진 외투 하나 걸치고
짙은 물안개로 사라지는 갈잎의 항해

일곱 해 동안 숨죽였다
단 이레를 살다가는 초연함으로
기다릴 게 다시 너를

가을 단상

히말라야 신성한 어느 언덕
무지개로 피어 나부끼는 타르초는
지난봄 자신을 찢고 세상에 나온
나비의 슬픈 우화를 기억한다

동의 햇살이 서의 노을인 것을
하찮은 시간을 얼마나 흘려보낸 뒤
정적을 깨운 낯선 새 한 마리가
계절을 몰고 오고서야 비로소 알았다

가름하기도 벅찬 나의 고백
갈길 바쁜 길손에게 차이는
도시의 초라한 낙엽처럼 너덜대지만
모두 내어주는 가을이기에 후회는 없다

안개 덮이는 갯골에
제 한 몸 묻었다는 소문 무성한
들물 날물의 안타까운 사연을
우리는 그냥 그리움이라 하자

May Queen

봄 지는 생의 언저리에
아카시 향기 품는 여인이여
진초록 오월을 영접하라

거기 눈부신 청춘 보이거든
우아한 왈츠로 안고
고독한 밤 지치도록 돌아보라

그래도 솟는 열정 있거든
거역 못할 숙명으로 받들어
목숨 바쳐 사랑할지어다

몰래 간직해온
나만의 노스탤지어를 위하여

연신내 연가

그해 구월 늦더위를 남기고
연신내행 버스가 떠났다

새문안길 낡은 담장 아래
홀로 서성이는 발걸음
곧 있을 노란 거리 축제를 기다리고

겹겹이 쌓인
부칠 곳 없는 편지의 사연
공중전화 동전 떨어지는 소리와 함께
사라지니 그것이 끝은 아니었다

저녁 뺨이 유난히 붉은 날
잊었던 당신이 문득 떠오르는 건
고맙고 미안하단 설익은 안부는 아니니
쉰 청춘의 수줍은 고백으로 받아주길

남쪽 바닷가 모래밭 어디쯤

지금은 지워졌을 이름이지만
그럼에도 고마웠어
그리고 미안했어

낙엽

바람 스친 뜰에는
파닥거리는 폐허

생명은 불꽃
한 줌 재가 되어도
눈물 없으리

봄을 기억하는
이파리의 쓰린 고백
그대여 날 기억하오

푸르름이 서러워
눈물짓는 밤이 와도
그대는 날 사랑했습니다

번뜩이는 그리움이
노랗게 밀려오는 새벽
아리고 아린 이 가을에

나는 당신을 사랑합니다

손

꽃비 내리는 하늘
마른 바람이 울지 않는 건
지난 세월에 아픔 때문이다

가려는 비정함도
잡으려는 애절함도
한 가지에 핀 꽃과 잎

마음속 격한 바람
봄비 맞는 대지처럼
순하게 놓아 주자

희망 가득했던
지난 추억 떠오르면
이제 우리 손을 잡자
온기 흐르는 손을

겨울을 보내고

그대
이별을 고하던 날
꽃잎처럼 날리는 서설을
초점 잃은 눈빛은 원망도 못했다

언저리 돌고 돌던
가녀린 이별사
어느 새벽 봉우리에 선
해 향한 이른 맹세는 갔다

그대 가도
무참히 남는 상처
볼품없이 나부끼는 잔정
나도 보내마

눈물로 적는 회상록
청초한 열정 있어
그대 아니어도 좋았다

기억 마디마디
뒤척이는 이 밤
별은 잠도 없나 보다

제2부
어서 가거라 어서 가

가을 소풍

여름이길 포기한 햇살 아래
바다이길 소망하는 하늘

쉼 없는 입담에 낟알 익는
훈훈한 들녘이 너그럽다

풀밭 가득 기울어진 세월
어린 기억 속 웃자란 재주

조용히 거두려는 근심
수려한 배롱나무 꽃잎이니

동심으로 날고파라
이미 주름진 동안이여

야무진 정열 하나쯤
결기로 소유한 쉰 청춘이

밤 깊어도 들불처럼 드세
아마도 하얗게 지새울 모양이다

밤 줍기

새들도 놀란 파란 하늘 아래
마침내 터트린 봄꽃의 유혹

청춘의 실연보다 아픈
무수한 낙하의 축제 앞에서

경건한 합장 한번 없이
겹겹이 숨긴 저들의 격정

지는 계절에 묻혀서
거듭나고픈 엄연한 생명이건만

툭툭 던지는 돌팔매 소리에
지나치게 빠른 손놀림 있더라

비탈길 한 뼘 논에는 눈길조차 없는데

동창회

목련꽃 교정을 뒤로한
각고의 세월
추억이 아름다운 들
연륜이 멈추랴

기억이 춤추는
장터 같은 무질서
모처럼 얻은 방종의 시간
잠시 잊는 생의 무게여

부딪치는 잔 속에
어리는 사연과 사연
갈지자로 취한 등 뒤
희미한 가로등이 눈부신 하루

담장이 사라지고

솟대처럼 솟은 망루 아래
밤마다 꿈꾸는 고향집 싸리꽃은
순간을 저버린 참회의 눈물 꽃

남 탓에 익숙하고
자신에게 엄격하지 못한 죄과에
처절한 심판 추상같던 곳

그 철옹성 헐린 빈터에
망초꽃 흐드러지고
간섭 없이 생긴 웅덩이에
소금쟁이 발걸음 가볍다

거미줄에 이슬 맺는 새벽
신축 마천루에 다시 묻히면
숨기고 싶은 과거도 같이 묻히려나

국립학교 앞 공립학교

저곳에 가지 말자며 다짐했던
저곳에 가지 말라고 가르쳤던
정다운 얼굴 유난히 그리운 밤에

착각

옆 반 미자의 그윽한 눈길에서
첫정이 왔음을 알았다

창문에서 열린 뒷문에서
때때로 느껴지는 시선

내 의지 아니라 외면했지만
설렘을 감출 수 없는 성숙한 육 학년

감히 고백할 엄두 없이
말문이 열리길 고대하던 어느 날

간절히 부르는 손짓 따라
담담히 복도 끝 계단에 섰다

수줍게 건넨 편지 그리고
그 한마디에 난 새가 되었다

가장 높은 절벽을 박차고 날아
급직하 수면에 빠져버린 물수리

뽀글뽀글 물방울 속에서
아득한 심연이 전하는 그 한마디

"이거 네 짝 윤구에게 전해 줄래"

어제

소주 두 병이 비워지는 동안
사십 년이 훌쩍 흘렀다
당돌했던 단발머리 소녀가
중후한 여인으로 변한 시간을
세상은 세월이라 부르지만
내겐 단지 어제 일일 뿐
먼 유년 속 기억의 일치가
가뭄 끝 소나기처럼 반가워
첫눈이 내리면 골목길 주점에서
잔을 잡고 싶은 뜬구름 같은 소망은
다시 사십 년을 기약할 수 없는 안타까움
취기가 오를수록 더욱 선명해지는
흑백사진은 추억 저편을 증언하는데
세파에 찌든 하늘에 별이 떴다
별이 되고 싶은 하루가 저문다

겨울 이야기

광이 비는 슬픈 날
콧물 훔쳐 반짝이는 소매
터서 갈라진 맨손에
새끼줄 꿰인 연탄이 주어진다

시름 이는 논둑길
얼음 지치는 아이들 볼세라
숙인 눈망울에 고인 서러움
어른어른 서리꽃 피어 있는 낮은 집

달빛마저 얼어 으슥한 밤
취한 아버지 발자국 소리에
떼인 품삯 체념한 듯
코 박고 웅크린 백구 미동도 없다

추석 풍경

차례를 마치고
제법 폼 나는 새 옷 입고
마을 어귀 버드나무 그늘로
삼삼오오 모이는 아이들

송충이 먹은 잎처럼
허풍이 난무하여도
이내 의기투합
정류장으로 향한다

논길을 달리지만
들 내음 맡을 겨를 없이
만원 버스는 오목교에 멈추고
비로소 큰 숨 쉬는 아이들

유사 이소룡 영화가 동시 상영
어른 아이 구분 없이
틈바구니 비집고 한자리 잡으면
영상에 비치는 자욱한 연기

소란스러운 영화 끝나고
주머니 다 털린 아이들
들길 걷는데
메뚜기 툭툭 튀는 들녘 너머
요란한 달 떠오른다

고무신

그늘 짙은 느티나무 아래
소꿉장난 정겹던
아련한 시절 내 신은 고무신

소나기에 사라진 징검다리
책가방 이고 건너던 개울
뒤축 구멍 난 고무신
종이배처럼 떠 내려 갔다

장 보러 가신 어머니
기다리다 잠들어
운동화 신는 꿈꾸던 밤
조각달 홀로 떠 있다

우물가 닦다 만
닦아도 쓸모없는
색 바랜 슬픈 고무신
그날 해는 우물 속에 떴다

신주

힘없이 떨리는 손
주문을 외우듯 울먹이는 목소리

이 몸은 늙어 조상님을 못 모시니
부디 자식 집으로 드소서

새 바가지에 쌀을 담고
지방을 써넣고 새 보자기로 싼다

대가 같은 요란한 격식 없이
소소한 절차가 끝나고

신록이 무르익는 오월
신주가 떠나던 어느 날

등이 굽은 한 세대
찬란한 봄날을 배웅한다

사월에

담장 너머 목련 흐드러지고
묏등에 핀 민들레 빛깔 뽐내는
찬란해서 슬픈 사월 봄날

여든일곱 모진 생의 끈을 놓고
고단한 몸뚱이를 내 팔뚝에 맡긴 채
미련을 거두려는 아버지

헐떡이는 가슴을 다독이며
작별을 고하는 어둠 같은 무력감에
애달픈 나의 노래가 눈물에 젖는다

진정 이별보다 더욱 두려운 건
행여 다시 찾은 그 집 그 자리
퀭한 눈빛으로 맞이할 것 같은 환상

이제 모두 내려놓고 새로 얻은
고운 삼베옷 차려입고 훨훨 날아간
벌써부터 그리운 내 아버지

훈련소 가는 길

애달픈 어머니 이별가
미룬 꿈 고이 남겨두고
열차가 출발한다

빛나는 무공의 요람
훈련소는 멀지 않았다

아무런 감흥 없는
군악대 연주 끝에
손 흔드는 마지막 인사

울음도 잊는 채
부동자세로 맞은
낯선 그 공기가
이다지 선명한데

미소 짓던 앳된 아들
이십구 년 전 그곳으로 갔다

어서 가거라 어서 가

먼 옛일이 어제 일인 양
아주 소소한 기억은
그것을 잃는 전조란 사실을
알았을 땐 이별이었다

내가 가야
애미도 애비도 편치
그렇게 집을 나선 지 달포 남짓

유난히 습한 한낮
자식을 알아본 노모의 울음소리가
애잔하니 실내를 지배한다

언젠가 들려주었던 옛일처럼
그간의 일들이 펼쳐지고
한껏 무르익은 이야기가 그칠 즈음

다시 저버리고 나서는 아들에게
노모의 인사는 차라리 절규였다

어서 가거라 어서 가

행복한 요양원을 등진 아들 위로
사나운 장대비가 퍼붓기 시작한 건
그때부터였다

성묘

숨이 차는 이력을 물려준
조상의 묘는 비탈길 너머 삼밭 자리

휘파람 소리 나는 가슴을 부여잡고
바람 든 무 다리를 옮겨야 하기에
가을 하늘을 원망하며 모난 바윗돌에 주저앉았다

아이를 보냈으니
제법 풀이라도 깎았으리
체념으로 돌아서는 뒷동산에서
오래전 잊었던 밤 터는 소리가 들렸다

당산나무 정자에 간신히 누인 건
그립다 하여 찾아도 임자 없는
저 빈집에 가득한 햇살 때문이었다

억척으로 새긴 족적
아직도 남았을 웃뜸 논마지기

새비 가득했던 둠벙은 메워져 흔적 없고
달구지 평경 소리는 어제 같으니

짐승 같이 울부짖는 무덤가 신우대
내 손으로 베어야 한시름 덜 텐데

누이

젖먹이 어르며
물불은 두렁길에
동동거리는
열한 살 누이야

뜯긴 맨다리
젖은 몸뚱이
웃골 천수답 같은
젖 찾아가렴

안길 곳
먹을 것 다 내줘
서러운 하늘엔
제비 나는데

책보는 어디 두고
등짐 진 누이야
눈물 솟거든

묏등에 뿌리거라

내 누이야

입춘

먼동에 뜨겁게 피는 동백
서둘러 망울 맺는 매화
소치는 촌부 있어
남녘 봄은 이르다

기척 없이 가랑비 앉던 날
바닷새 나는 비탈길 내려간
눈이 닮은 누렁소 모자

빈 지게 덩그런 헛간
마른 숫돌 위
꼴 베던 낫에 녹이 끼고
뒤꼍 냉해 입은 딸기
짚 덮는 손길 이제 없다

입김보다 순한 바람
바람결에 숨 쉬는 대지
둥지 트는 멧새 있어
남녘 봄은 이르다

메주

그 집
정 깊은 내외
품 떠난 자식 위해
나를 빚었다

새끼줄에 묶여
곰팡이 피었지만
숙명처럼
난 울지 않았다

이른 삼월
고추가 숯과 떠 있는
옹기 속에 숨었지만
빛이 그리웠다

그해
고대하던 대처 자식
남자로 돌아왔고
난 빛을 보았다

까치 설

때 놓은 썰매놀이에 얼음 꺼질라
서리 맺힌 빵모자 아이들이
허기 말리던 모닥불을 거둔 건 해름이었다

어둠에 놀란 외풍 집안에 들고서야
어머니는 무거운 머릿짐을 내려놓았다

먼 길에 솔아버린 하지만
어머니 입김 여지껏 남아 있는
가래떡을 손에 쥔 건 한 해 만이었다

일이 늦은 아버지 희미한 전등 아래
이제 겨우 술 한 잔 받았는데

그믐장 새 옷 안고 잠든 밤
별똥별 하나 지는 걸 아무도 보지 못했다

자리끼에 살얼음 앉는 첫새벽
떡 써는 도마 소리 해처럼 솟고 있는데
솔개가 되고 싶은 난 아직 꿈속에 있었다
드높은 창공에서 날고 싶었던 나는

제3부
돌산 갓지

진채선

신명이시어 어여쁜 우리 님
꽃그늘 떨치고 훨훨 날게 하소서

달빛 어스름 고요한 운현궁
채선의 탄식 담장을 넘는다

천 리 먼 길 외로운 동리정사
고운님 푸념에 상사의 골 깊어도

외마디 꽃 노래 그대에게 바치니
꽃 향에 취해 한바탕 놀다 가세나

둥둥 어화둥둥 야윈 소리판
저고리에 멎은 사위 눈물에 젖는다

모양성

낭랑한 향교 묵향
소리길 구성진 북 장단에
이끼 쌓이는 성벽

성 밟는 여인들 발자국 사이로
눈매 선한 청포 장수 눈물 사이로
환하게 번지는 달빛

저 흥건한 달빛에 젖은 밤
오백 년 숨결 어루만지듯
무시로 단단해지는 성

고인돌

앞동산 솔밭 저만치
언제부터 울었을 새의 눈물
내 되어 바다 되어도

헐벗은 몸으로 서서
푸르던 시절 그리워
이끼라도 품었으니

가신 님의 온기
빈 들 실바람에 실어
표정 없는 객에게 보냈으면

아지랑이 언덕 너머
언제까지 피고 질 꽃잎
흙 되어 뫼 되어도

판소리

혼신을 불사르는
질곡진 광대의 길

신명 깨우는 북소리
영예로운 명성 일 고수 이 명창

부채든 단아한 맵시
꿈이런가 득음의 경지

발림 하나 아니리 넉살에
추임새로 화답하는 귀명창

판이 끝난 그믐밤
소리병 앓는 달이 떴다

선운사 꽃무릇

그리움 한으로 맺혀
상수리 씻긴 먹빛 내에
저리 붉은 한 무리

나 지는 슬픔 딛고
너 푸를 수 있다면
피를 토한 들 원망일까

한 번은 스쳤을 인연
못 잊어 찾는 구월이면

도솔천은 꽃무릇 천지
선운사는 가을 천지

경기전에서

태조의 영험한 기운과
역사 지킨 자부 서린 땅

한지에 그려진 풍류
기와집 담장 넘는 팔미 향

거룩한 순교터에 솟은
종소리 소박한 전동성당

성심으로 경외하는 뭇사람
어진 앞 매무새 여미는데

이어온 물결 이어갈 숨결
실록각 울림 긴 여운으로 남는다

향일암

검푸른 고독 위로
타오르는 여명

목선 한 척 보듬고
찰나로 솟는 해야

새벽 맴도는 인연
이슬인가 바람인가

해탈문 고비 너머
선방 차향은 말이 없네

두문포

동백꽃 봄 따라 떠난
섬마을 낮은 돌담 집
하얀 연기 굴뚝에 솟자
바다에 어둠이 내린다

습관적 외로움
등불 아래 서성이는 밤
솔밭 한 모퉁이 숨죽인 장끼
괭이 눈빛에 놀랄 때

쏟아지는 별 무리
흥얼거리며 칠성 찾는
셈 느린 뜨내기 등 뒤로
조용히 다가오는 갯내음

물때 잊은 뱃머리
죽포 아재 손때 문패처럼 남았는데
만선의 흥타령 바람 속으로 사라진다

여수 밤바다

진남관에 밤이 오면
거북선 여의주에 불 들어
비로소 바다가 보인다

이순신 광장은
청년의 꿈 장년의 추억
강강술래 노니는 곳

빛을 수놓은 배
유랑을 태워
꿈속으로 흐르고

섬을 오가는 케이블카
새처럼 나는 하늘
어느새 어둠 깊어

달빛에 서린 정기
대교 난간에 걸린 낭만
꼿꼿한 여수 밤바다

돌산 갓지

새벽 드는 섬
굴밭에 물 나면
농익은 굴 향에
밤꽃이 핀다
향일암에 걸린 해
금오도 방풍에 차인 바람
갓을 키운다
갓이 매운 건
상처 안은 바람 때문이다
통고추 갈리고
멸치향 풍만한
갓지 맛보지 마라
알싸하게 푸른 바다를 보라
뭍이 그리운 여인을 보라

소백산 1

담을 것 많아 선하며
모두 내주어 외로운
얼음 골짜기 천동계곡

순수를 흠모한 고운 풍채
당당해서 위엄 있는 능선에
상고대가 가득하다

살아 천 년 죽어 천 년 주목
붉은 자태 위 홀연 내려와
눌러앉은 순백

바람꽃 흩어지는 비로봉
바닷소리 나는 정점에
파란 하늘이 지척이다

새 날개깃에 숨어온 온기
눈물지며 사라지는
고고한 순백

소백산 2

산에서 피는 물안개
하늘이 열리지 않았으니
미명이어도 눈부시다

주목 가지에 엉긴
바람도 어쩔 수 없는
천 년 생의 고통인가

상고대 숲 어디선가
자신의 선조가 그랬듯이
정월을 노래하는 새 한 마리

아이 숨결 같은 냇물 소리
안간힘으로 봄기운 깨우는데
비로봉 눈보라 세차다

숨은벽 1

삼각산 신비로운 산 기세
산꾼 마음속 아득한 연인처럼
아픈 사연 안고 저렇게 서 있다

지난밤 주정 같았던 고백
꿈결이었노라 변명조차 없었던 건

천년이 솔잎처럼 마구 흩어져도
해지면 달 뜰 거란 굳센 믿음 때문

햇살로 날개 단 산바람에
게으른 땀방울 미처 마르기 전
훨훨 날아 저 참사랑 얘기에 닿았으면

숨은벽 2

철쭉 비켜서는 오월 가장자리
연초록 갈잎 색 애벌레
비상 꿈꾸는 싱그러운 한나절

지독한 무기력 떨치려
삶의 무게 지고 돌길 헤쳐
땀으로 디딘 고운 봉우리

바람에 실려
날자꾸나 날자꾸나
시인 소망처럼 훨훨날아

숨어 기다리다 바위벽 되어도
이루지 못한 천년 사랑 이야기
그 아픈 사연에 닿았으면

사모바위

꽃 더딘 산마루에
이끼 검은 바위
날 수 없는 슬픈 새 되어

앉는 곳 어디라도
산 그림자처럼
드리우는 외로움
바람이 앗아 가고

사무친 그리움
닿을 듯 보이는데
기다리다 돌이 된 사모의 정

생강나무 은은한 향기
애처로운 삼각산 사각 바위

비봉

이 비는 신라 비다
추사의 외침 생생한 봉우리에서
그늘진 석공의 이야기를 듣는다

섣달 매서운 바람 앞에
푸르름이 더욱 짙은 솔의 전설

문득 스쳐 간 유쾌한 청춘가
저 요원한 바람의 노래였을까

솔잎 하나하나 저마다 간직한
꿈결 같은 여정 듣노라니
등줄기 땀방울 서늘히 식어간다

선유도

바다로 내달린 신작로 저편
우체통처럼 빨간 등대 하나
오지 않는 연락선을 기다리고

은모래 밭에 새긴 이름에선
보살도 지고 갈 아련한 미소가

하지 햇살 길게 드리운
장군봉에 이는 바람의 독백
어이하리 부서지는 신심을
어이할거나 분홍빛 순정을

도도한 신선의 경계를
덜컥 곁눈질한 뭍 사내
겸연쩍어 바라본 수평선 멀리
솟구쳤다 무너지는 하얀 파문

청산도

바람결에 얼마나 달렸을까
어둠살 끝 섬이 열리고

달팽이도 함께 걷는 섬길
밤에 내린 안개가 산쑥에 묻어 있다

바다는 섬을 담고 섬은 노래를 담아
한 맺힌 신명 이제껏 돌담을 서성인다

구들장 지혜 자자한 청보리 언덕
섣부른 유채의 자태를 추억하리

씻지 못한 근심 바구니 가득한데
다그치는 선착장에 햇살이 무너진다

봄

해협 넘나드는 거친 파도에
물질 잊은 용머리 비바리

한라 준봉 잔설 바람
말테우리 깊은 주름 스미는데

미처 거두지 못한 밀감밭
민들레 꽃잎에

물허벅 노랫가락 그리운
뭍 사람 따라 새봄이 왔다

유채 노랑물 들기도 전에

한강 하류

가녀린 망초꽃
강바람에 하늘거리고
상류와 달라 들고 나는 강물엔
철 잊은 새들에 자맥질

망루 초소 초병
고향집 담장 능소화 주홍빛 추억에
밀물 가득찬 강물
썰물처럼 허전하다

칠월 불볕 쉬어가라
물 위에 하늘 제 모습 비추고
바다가 가까움을 본능으로 느낀
물 흐름 더디기만 하다

검룡소 떠나온 고단한 여정
바다는 끝이 아닌 원점
강 건너 위태롭게 선 나무 사이로
노을이 물든다

한계령

가을 한계령
기암에 앉은 태고의 흔적
솔향 짙은 바람결
소용돌이치는 첩첩산중

하늘 담아 파란 바다
흰 파도로 부서지듯
서둘러 사라지는 수려한 색색

한기로 예고하는 황량한 계절
단풍은 아직
산사람 외투에 남아 있다

제4부
가을날

연화지

순한 능선이 흐르다 멈춘 곳에
말풀 사이로 떠돌던 마름꽃이
눈이 깊은 뫼살뫼 아이처럼 곱게 피었다

새비 잡던 추억 만만한 못이던가
물비늘에 끌리어 옛정을 둘러보아도
구월 하늘 닮아 파란 그리움만

밭일 끝나 머릿짐 버거운 어머니의
투박한 발걸음이 저만치 보일 때면
멱감던 아이의 근심도 한 짐

굽은 논 가시내도 맷바리 머시매도
십릿등 녀석 따라 도회로 도회로 떠나고
앞 냇갈 물살이 금붕 묏자리를 지키는 동안

연꽃이 피고 지기를 몇 해
제법 세련된 마스카라 그윽한 눈길로
산만한 머릿결을 쓰다듬으며 바라본다

찬란했던 연꽃 방죽의 그 꿈을

두물머리

먼 길 돌아
둘이 하나
너와 내가
같이 갈길

산에게

일찍 찾는 초겨울 어둠
애절한 구애에도 꿈쩍 않는 너

지난가을 홍시빛 얼굴로
무척이나 앓았을 묏바람 성화에
어느덧 익숙해진 불면의 밤

스산한 신음을 뱉는
잎새들의 아우성
더디 오는 새벽은 차라리 사치였어

시린 가지 어느 틈
애처롭게 동면 드는 날다람쥐
서설로 보듬는 너였으면 좋겠어

부질없이 스러지는 한 해
설렘으로 바라볼 수 있도록
그곳에 있어 줘서 고마워 산아

오솔길

새소리 벗 삼아
고개 넘는 그림자

떠난 뒷모습보다
아프게 남은 외로움

사무치게 밴
그리움 찾아 나서는 길

마음 들고 사라진
앞선이 누구인지

나무 그늘 사이 조각 빛
반짝이는 낙엽에 묻는다

라벤더의 꿈

산맥이 내린 시린 고통
오롯이 정열로 안았으니

제비꽃보다 진한
유월 신화의 시작이었다

칠석 연인 같은
뜨거운 향 사라지고
솔잎 더미에 서리 앉으면

아,
머나먼 지중해여
그대의 체온은
어느 별의 꿈이었던가

산수유

새끼 반달곰 기지개 켜는
지리산 깊은 골 눈 녹아

산동댁 사랑 아궁이
연기 따라 산으로 치닫는 바람에
노란 꽃 산수유가 핀다

장날 굿판 같은 봄 지고
진주빛 결실 맺는 가을 오면

툇마루 비스듬히 선 지팡이 바라보다
도회로 떠난 아이들 행여 찾으려나
부엉이 우는 소리에 마른 잎만 날린다

동구 밖 장승 새 옷 입는 이른 봄
연기 멎은 굴뚝으로 비가 내리면
산수유 다소곳 다시 피겠지

대봉

분홍색 탄두
지붕을 포격할 기세

두 갈래 장대 동원
선제 조치하였으나

서리 내리던 날
마당에서 폭발

파편 미안했는지
감씨 하나 남겼다

석류꽃

질투가 빚은
사막 같은 정열

그 고혹에
멈춰 선 바람

소리마저 신지 못해
잠든 듯 고요한 뜰

쏟아지는 중천 볕
형벌로 맞는 꽃

무화과

꽃 없이 영그는
자색 그리움

전설로 사라진
박속 같은 꽃잎

한낱 오해로
가슴에서 피어나

인적 외로운
대청에 앉는다

안면송

눈물과 한숨으로 텄을 물길
꽃노래 맑은 솔잎 숲길에
연두색 송화의 흔적이 남아 있다

수국도 숨죽여 바라보는
햇살 가득한 하늘 높이
세월을 고수한 적송의 위풍

저 기상을 기어이 담으려는
가냘픈 우리의 숨소리는
일상의 변명처럼 초라하다

집을 찾는 새들의 날갯짓 뒤로
바닷바람이 분다
적송은 또 바람을 맞는다

자작나무 숲

안개 짙은 소양강 거슬러
굽이굽이 이어지는 인제 산길

산딸기 홀로 붉은
소박한 실 계곡 여울 건너

거친 숨 물 한 모금 적실 때
파란 잔 숲 위 우뚝 솟은 장관

도열하듯 줄지어서
실 감아 온몸이 하얀 나무

동화 속 상상의 나라 같은
신비로운 색의 조화

마음속 감탄
화답하는 새들의 노래

빛이 초라한 그곳
원대리 자작나무 숲

관곡지 연꽃

연,
연처럼 날지 못해
현인 품에 만 리 길

못에서 이어온
고결한 품격

청사에 남아
너른 바다 모른 채

떠돌다 떠돌다
다시 핀 그 자리

실타래보다 긴 이야기
꽃대로 솟았다

봄비 내리는 밤

아지랑이 피는 봄 언덕
쑥 캐는 아이 밑으로
곱게 흐르는 시내 위
수줍게 내려앉은 별 한 조각

싸리나무 한들대는 강둑
짚 태운 논에 물 고이고
새로 단장한 두렁길에
눈이 큰 새 주인

빛 젖는 밤
함석지붕 빗방울은
어둠에서 빛나는
장엄한 계절의 연주

화음 서툰 절박한 합창
풍경소리처럼 고요할 때
꿈꾸는 아이 곁으로
비 맞으며 다가온 하얀 새벽

봄의 추억

달지는 새벽하늘
별이 빛나는 건
가는 봄의 추억

사월에 첫더위
강이 보이는 벤치에서
향기 남기고 사라지는 그림자를 본다

인적 드문 길모퉁이
담장 너머 라일락 피는 소리
낯선 방언처럼 드릴 때
봄은 스스로 가던 길을 멈춘다

여름 인제

설악이 보이는
원통 자락 언저리
솔내 그윽한 능선
지침 없는 숨결
소나기 그리운 밤

신이 내린 천
급류에 몸을 맡겨도
뚜렷한 기암 절경
아, 나는 신선이어라

팔월 석양이 소양에 박힌 날
화산처럼 폭발하는
박달 같은 청년 의지

우중 진관사

비봉 운무 빗물 되어
긴 여정 채비하는 골짜기

목탁의 청명도 매미 목쉰 울음도
빗소리에 잠긴 칠월 마지막 날

젖는 옷깃 돌봄 없이
수도승처럼 걸어본다

인연의 끝은 어디인가
연신내로 향하는 비안개에 물어도

눈물인지 빗물인지 모를 우수뿐
파래서 슬픈 청춘은 대답이 없다

세월을 견딘 소나무
부처님 미소 머금는데

가는 여름

열대야 재우고
청자빛 고독이 왔다

성하를 회상하며
울먹이는 늦더위

처절했던 생의 끝자락
측은히 보낸다

거스를 수 없는
도도함 믿기에

동풍 부는 그 날이 와도
오늘을 기억하리

가을날

어제와 같은 햇살이
허락 없이 들기에

찻잔을 들다 말고
창문을 열었다

그윽한 바람이
빛바랜 느티나무에

하늘하늘
꽃처럼 피고 있었다

옛사랑의 추억이
울긋불긋 다가온다

지병이 돋는다
어느새 가을이다

가을 초가

박꽃 핀 쪽진 머리
고울 것 없는 손끝에
붉은 가을이 널려 있다

햇살은 저문 님 들노래처럼
빈 지게에 실려있고
헛기침마저 그리운 세월
새 이엉 올려도 다시 찾아

문풍지 우는 지난한 밤
뒤안 댓잎 속삭임에 놀라
대청만 하염없이 바라보아도

멍석에 앉은 달그림자
모르는 척 삼간에 드리운다

가을

문득 다가온 가을은
낯익은 작년 것인가

노을빛 물든 잎
매미 소리 밀치고
바람 타고 왔다

태초가 보낸
촉수의 첫 느낌은
모진 허기처럼 다가와
소매는 이미 부풀려 있었다

잎은 연기되는 아픔으로
먼 삼월을 그리건만
저 갈 길에 곁눈조차 없구나

문득 떠나갈 가을은

추수

황금빛 넘실넘실
상달 들녘

참 내는 아낙 없이
콩짚 터는 도리깨

풍물 노는 쟁이 없이
볏짚 마는 콤바인

상사디야 상사디야
가을을 걷는다

겨울 길목

눈 내리는 소리
고요한 새벽 산
기척하는 동자승

이미 사라진
노승의 발자국
바람 타는 은은한 풍경

샘솟는 경외심
합장하는 시린 손
산중은 다시 겨울이다

겨울 삼각산

처마 끝 날카로운 고드름의 추억
병정처럼 도열한 계곡길

첫눈 첫 발자국의 감격
잿빛 하늘의 시샘이었을까

정월 정취마저 앗아간 너의 흔적
지울 수 없는 원망 허공 가득하고

사모바위 눈보라 위안 속에
어디선가 들려오는 산새들의 슬픈 노래

새봄 오면 잊으리
지난겨울 삼각산 시린 이야기

제5부
정주에서 온 은하

정주에서 온 은하

남신의주의 외로운 밤을 노래한
백석을 모르는 은하의 고향은 정주

백석을 낳고 남강을 키우고
춘원을 배출한 유구한 곳이지만
은하는 이들을 모른다

괴상한 왕조의 아집 때문이려니
어찌 은하 탓일까마는
사람들의 시선은 예전 같지 않고

평안도 기질을 오롯이 담은
낯선 억양에 자부 또한 남달라
그녀의 선조들처럼 강인한 은하는

난군이 최후를 맞은 정주성이
궁금한 내게 오늘도 씩씩하게 말한다

시인 선생 일 없습니다

김장

품앗이 도는 하루
눈발마저 흩날리면
축제 흥이 돋는다

아낙들의 이야기꽃
장정들의 두레박질에
풀 죽은 노란 속살
눈물지며 포개진다

비릿한 젓국
끈적한 풀 속에 퍼지고
실처럼 하얀 살
색동옷으로 치장한다

어우러져 한 몸 되니
짚 덮힌 굴에서
겨우내 안식한다

화덕에 동태 끓이면
아낙 찾아 모이는 아이들

반쪽 해 저물고 겨울은 깊어 간다

돋보기안경

마을 첫 집은 싸전
외상 사절이 쓰여 있는
미닫이 유리문을 열면

침침한 공기 속
곡식 쌓여 있는 멍석 너머
안경 위 눈을 치켜뜬 노인

안경대를 감은 반창고
낡은 장부에 새겨진 생의 애환

덩그러니 알만 남은
대가 부러진 내 돋보기
차마 버리지 못한 시린 기억

스키점프

중력을 거부하고픈
다양한 색의 사람들이
키다리 등 밝힌 골짜기로 몰려들었다

눈부신 설원 상처 없는 영혼 앞
흔적 남기지 말아야겠기에
도도한 새처럼 날아보리라

세상 향해 몸부림쳐도
희망은 멀리서 팔랑이는 신기루
그 청춘의 아픔을 박차고 날아라

돌이켜 보니 허망한 시간
아직 포기하지 말지어다 꿈이여
내 나약함을 딛고 날아라

준령의 사나운 바람 타고
눈발 휘날리는 창공을 가르며
드디어 날았다 사람이 날았다

권있다

앵무의 비범한 정기 받아
흥 자자한 들노래를
일찍이 터득한 영재가 있었으니

엄마의 바람은 뭍이었고
애틋한 아리랑의 시작이었다

무림은 거짓 고수만 가득하여
보석 분별이 더뎠으니
무명의 서러움 내공으로 쌓였고

그 한 많은 고백 한마디에
아득히 잊었던 감성을 깨웠으니
대중의 환호가 들불처럼 거세도다

권있는 그대여
울돌목 신화 품은 구원이여
어찌 이제야 왕림하시었소

등산

자신을 비춰보려
바다보다 높은 산

어진 이 하늘과 가까워지려 오르고
격한 이 땅과 멀어지려 오른다

미더운 사월의 열기
아마도 가슴 뜨거운
사람 때문일 거다

오르되 내려 온다는
고금의 우월한 진리
담홍색 산벚으로 피었다

조기축구

호각 소리에
아침이 깬다

거친 숨소리
과격한 몸짓은
야수의 본능

나를 기만한
비겁한 평정을
차서 날려라

한 잔 막걸리는
남자가 남자를
사랑하며 흘리는 눈물

결기는
눈동자처럼 풀리고
처진 어깨엔
과장된 전설이 서려 있다

밤 기차

어슴푸레 어둠이 내리면
도시는 빛의 경연장

뭇 사연을 싣고
일상을 등지는 긴 생명체

누군가는 오르고
또 누군가는 내리고

정해진 시간은
운명과 같은 것

창밖은 여전히 어둠
보이지 않는 종착을 향하여

청춘의 속도로
광야를 질주하는 인생호

미꾸리

지구에
점 하나 남기고
부동의 굴
동면하는
수염 다섯 개

눈 뜨니
미끈한 동토
얼어버린
용오름의 꿈

눈 감자
달아오른 솥
말라버린
장대비의 추억

탁란

숲속 청아한 메아리
눈물겨운 오목눈이 모성
채근하던 뻐꾸기
가책 없이 사라지고

매를 닮아 매사촌
매의 용맹 어디 두고
나그네 본능 숨겼으니
봄 지는지 모르는 박새

작은 새의 눈물 아는가
아이 업고 부모 집 향하며
문명 시민 자부하는
사람들이여

아궁이

짙은 어둠에
탁탁 소리 내는 아궁이

사과나무는 사과향
유자나무는 유자향

아랫목엔 옹기종기 사람 내
윗목 벽에 걸린 외풍

거침없던 초저녁 기세
한기로 느낄 즈음

사람 너를 닮아
조용히 아침을 맞는다

강철 세잎과 주옥같은 마음둘레의 시학

임승천(시인)

십 년을 함께 시공부하며 지내온 내공이 한 권 분량의 시를 모아 회갑 기념으로 시집을 상재하고 싶다는 연락을 받고 같이 공부하면서 진즉 시인으로 등단한 동료들이 생각났다. 20여 년을 시창작교실을 열어 함께 했던 시절이 그리워진다. 매주 시 한 편씩 써와 합평하며 지냈던 시절을 모두 그리워한다.

강철옥 시인은 1부 7수, 2부 18수, 3부 21수, 4부 23수, 5부 11수 모두 80수의 작품을 이 시집 속에 담았다. 이 80편의 시는 그의 시적 삶의 전부라고 해도 과언이 아니다. 가정의 가장으로 회사의 구성원으로 조기축구 등 여러 모임에 참여하는 바쁜 와중에도 시를 생각하고 시를 쓰는 일에 열심과 부지런함이 있었다. 매주 한 번씩 있는 시창작교실 합평을 위해 꼭

습작품을 가지고 나타나곤 했다. 그 습작품에서 시에 대한 고민과 갈고 닦음의 과정이 고스란히 담겨 있었다. 남보다 깊은 시적 세계에 대한 탐구와 예리한 관찰력 그리고 시적 구사력이 항상 돋보였다. 한 편 한 편을 성실하게 준비하여 가져온 시에는 다른 시인과는 다른 번뜩이는 발상과 시적 표현의 반짝임이 들어 있었다. 그의 시에는 고향과 가족에 대한 그리움과 애착이 진하게 배어있었고 유년시절의 추억과 삶의 현장에서 건져낸 강인한 생명력이 있었다. 주옥같은 시어를 통해 얻은 아름다운 순수함이 빛나는 시가 그의 마음 언저리에 늘 자리하고 있었다.

강철옥 시인은 여러 시편에서 주된 정서는 고독, 그리움, 사랑, 순수함의 정서 위에 사물이나 존재에 대한 깊이 있는 관찰이나 본질의 탐구에서 발견한 정서들을 작품화하곤 했었다. 시적 언어를 탐구하고 남과 다른 발상의 작품들을 내보이곤 했다. 시는 상상과 경험, 이미지의 발견과 사물의 본질적 탐구를 시적 언어로 표현하여 작품화하는 놀라운 정신적 작업이다. 여기에 철학이나 명상, 신앙이나 교훈 등을 깊이 있는 사유의 시정신과 함께 형상화하는 작업임을 늘 주지하도록 했었다. 강철옥 시인은 이런 시정신을 잘 이해하고 열심과 노력으로 좋은 작품을 창작하는 장점도 가지고 있었다. 해설의 제목은 강철옥 시인의 시정신을 잘 나타내야겠다고 생각하며 고민하며 찾아낸 제목이 '강철 세잎과 주옥같은 마음둘레의 시학' 이다. 강철옥 시인의 작품에서 얻은 아주 소중하고 적절한 제목이라 생각된다. 제목 중, '강철 세잎'이란 단어는 시어 사전에 나오는 단어로 '푸나무의 새순이나 싹눈 돋는 모습을 통해 생명력의 강인한 모습을 형상화 한 말'이다. 그리고 '옥'은 곱고 아름다운 광택이 나는 돌로 보통 '주옥 같다'라는 말이 많이 쓰인다. 이 '주옥 같다'라는 말은 '주옥처럼 매우 아름답고 귀하다'라는 의미이다. '마음둘레'는 '마음 언저리'라는 순수한 우리 말이다.

1부의 시는 여러 인연과 삶 속에서 찾아낸 사랑의 시학이 주를 이룬다. 그저 진부한 사랑 타령이 아닌 진지한 사랑의 고백과 이별이 애잔하게 녹아 있다. 사랑하는 마음, 기다리는 마음. 이별의 아픔은 있지만 더 그리워하는 마음들이 시편 곳곳에 숨어 있음을 확인할 수 있다. 그러나 그 사랑은 원망은 없다. 애잔한 눈빛으로 바라보고 마음의 고백을 통해 진한 그리움의 꽃을 가득 피우는 작품들이다.

나그네새 먼 길 재촉하는
산머루 숲 이별 노래가
장단 타며 난타하는 여울 앞에서

해진 외투 하나 걸치고
짙은 물안개로 사라지는 갈잎의 항해

일곱 해 동안 숨죽였다
단 이레를 살다가는 초연함으로
기다릴 게 다시 너를

-「무너미에서」 중에서

동의 햇살이 서의 노을인 것을
하찮은 시간을 얼마나 흘려보낸 뒤
정적을 깨운 낯선 새 한 마리가
계절을 몰고 오고서야 비로소 알았다

가름하기도 벅찬 나의 고백
갈길 바쁜 길손에게 차이는
도시의 초라한 낙엽처럼 너덜대지만
모두 내어주는 가을이기에 후회는 없다

-「가을 단상」 중에서

위의 두 작품에서는 기다림의 정서, 후회하지 않는 그리움의 정서가 우리의 심금을 울린다. 자연의 모든 것들에서 살아가는 사람들의 존재는 삶과 죽음의 경계에 서 있지만 모든 것을 내어주는 자연과 계절 앞에서 존재의 깨달음의 순간이 있었기에 후회하지 않고 오래도록 간직하고 싶은 그리움을 노래할 수 있는 것이다.

그해 구월 늦더위를 남기고
연신내행 버스가 떠났다

새문안길 낡은 담장 아래
홀로 서성이는 발걸음
곧 있을 노란 거리 축제를 기다리고

겹겹이 쌓인
부칠 곳 없는 편지의 사연
공중전화 동전 떨어지는 소리와 함께
사라지니 그것이 끝은 아니었다

저녁 뺨이 유난히 붉은 날
잊었던 당신이 문득 떠오르는 건
고맙고 미안하단 설익은 안부는 아니니
쉰 청춘의 수줍은 고백으로 받아주길

남쪽 바닷가 모래밭 어디쯤
지금은 지워졌을 이름이지만
그럼에도 고마웠어
그리고 미안했어

-「연신네 연가」 전문

마음속에 간직했던 청순한 사랑의 고백을 통해 잊을 수 없는 옛사랑을 지금도 그리워함은 인지상정의 마음일 것이다. 언제나 마음속에 도사리고 있는 젊은 시절의 아련한 사랑의 추억은 중년이 되었을 때까지도 간직하고 있다는 것은 그만큼의 청순하고 아름다운 사랑이었다는 알 수 있다. 누구나 간직하고 싶은 이 정서의 한 편엔 고마움과 미안함도 있고 사랑했던 사람이 날 사랑한 것 같이 나도 사랑한다는 고백도 할 수 있었던 것이다. 사랑의 열매를 맺지 못한 회한이기도 하고 그 추억을 없던 것으로 치부할 수 없는 애절함도 있었겠지만 다시 한번 손이라도 잡고 그 온기를 느껴보고 싶은 염원도 함께 가지고 있다. 그래 잠 못 이루는 밤하늘의 별도 나와 함께 있다는 동일 관점의 맥락으로 그 지난한 심정을 스스로 토로하고 있는 것이다. 보통 시인은 사랑의 감정을 가지고 있을 때 감성적이고 아름다운 시를 쓸 수 있다고 말한다. 강철옥 시인도 그 사랑의 감정이 추억 속의 사랑이지만 숨김없이 드러내는 순수하고 아름다운 사랑의 감정을 잘 드러내고 있는 셈이다.

2부의 시에서는 유년시절의 추억과 가족과의 인연과 그 끈끈함을 적나라하고 감동적 시선으로 바라보며 노래하고 있다. 18편의 시편에서 가난했던 시절의 삶이 중년까지도 흑백사진처럼 박혀 있다. 어린아이의 눈에 보인 가난은 서러움과 부끄러움이 교차되어 묘사되어 나타나지만 가난과 슬픔의 현실적 감정을 찾아낸 사물을 통해 묘사되어 있음을 확인할 수 있다. 시어 중 '터서 갈라진 맨손에 든 연탄', '서리꽃 피어 있는 낮은 집', '뒤축 구멍 난 고무신' 등이 그렇다. 이 현실적 가난은 춥고 견디기 어려운 '겨울'이라는 계절과 함께 절절하게 그려져 있다. 그리고 '코 박고 웅크린 백구 미동도 없다'라는 표현도 겨울의 슬픔을 더욱 짙게 드러내게 한다. 이런 표현이 강철옥 시인의 시의 묘미를 느끼게 하는 섬세한 장치로 작용하고 있음을 알 수 있다. 현실적 가난은 경제적 궁핍과도 연관되지만 정신적 가난과도 밀접하게 연관되어 있음을 그의 시를 통해 확인할 수 있다.

광이 비는 슬픈 날
콧물 훔쳐 반짝이는 소매
터서 갈라진 맨손에
새끼줄 꿰인 연탄이 주어진다

시름 이는 논둑길
얼음 지치는 아이들 볼세라
숙인 눈망울에 고인 서러움
어른어른 서리꽃 피어 있는 낮은 집

달빛마저 얼어 으슥한 밤
취한 아버지 발자국 소리에
떼인 품삯 체념한 듯

코 박고 웅크린 백구 미동도 없다

-「겨울 이야기」 전문

그늘 짙은 느티나무 아래
소꿉장난 정겹던
아련한 시절 내 신은 고무신

소나기에 사라진 징검다리
책가방 이고 건너던 개울
뒤축 구멍 난 고무신
종이배처럼 떠 내려 갔다

장 보러 가신 어머니
기다리다 잠들어
운동화 신는 꿈꾸던 밤
조각달 홀로 떠 있다

우물가 닦다 만
닦아도 쓸모없는
색 바랜 슬픈 고무신
그날 해는 우물 속에 떴다

-「고무신」 전문

가난하고 슬픈 현실 속에서도 천진난만하고 짓궂은 어린 시절의 모습은 잔잔한 웃음을 자아낸다. 작품 「착각」에서 자기가 좋아하는 여자아이가 준 편지가 자신의 짝 친구에게 전해 달라는 부탁으로 현실 속에서 실망하는 모습이나 시 「추석 풍경」에서 보여준 영화를 보느라 돈이 다 털린 아이들이 집으로 돌아오는 장면의 묘사는 이 시의 묘미를 더해 준다. 메뚜기가 튀는 모습은 어린아이들이 뛰어가는 모습을 연상하게 하고 떠오르는 달조차 요란하다고 표현한다. 한 편의 아름다운 그림 같은 시다.

2부의 또 다른 시편에선 자신을 낳아준 부모님에 대한 사랑과 이승과 저승 사이 이별에 대한 안타까움을 시적으로 형상화하기도 한다. 살아생전의 모습을 무척 그리워하고 있음을 시로 표현하고 있다. 또한, 부모님에게서 사랑받았던 추억과 자식을 걱정하던 부모님의 마음이 시편 속에 애잔하게 녹아 있어 시인의 효심도 각별했음을 시편을 통해 확인할 수 있다.

여든일곱 모진 생의 끈을 놓고
고단한 몸뚱이를 내 팔뚝에 맡긴 채
미련을 거두려는 아버지

헐떡이는 가슴을 다독이며
작별을 고하는 어둠 같은 무력감에

애달픈 나의 노래가 눈물에 젖는다

-「사월에」 중에서

유난히 습한 한낮
자식을 알아본 노모의 울음소리가
애잔하니 실내를 지배한다

언젠가 들려주었던 옛일처럼
그간의 일들이 펼쳐지고
한껏 무르익은 이야기가 그칠 즈음

다시 저버리고 나서는 아들에게
노모의 인사는 차라리 절규였다

어서 가거라 어서 가

행복한 요양원을 등진 아들 위로
사나운 장대비가 퍼붓기 시작한 건
그때부터였다

-「어서 가거라 어서」 중에서

3부의 시들은 고향 고창의 판소리, 고인돌 등에 대한 시편과 여행 시편들이다. 강철옥 시인은 여러 취미 중, 축구와 판소리에 깊이 빠져 있음을 알 수 있다. 평소에 축구를 좋아해 초등학교 동창들과 어울려 축구를 해왔다. 그렇지만 시공부를 하고부터 여행에 대한 체험도 시의 소재로 사용한다. 우리나라 전국 곳곳을 다니면서 느낀 여행의 감동과 그 서정이 시 속에서 이미지로 형상화하면서 시적 깊이를 더해 주고 있다. 시 「진채선」은 소리꾼의 이름을 시 제목으로 삼을 만큼 매혹적인 그 소리에 심취하고 있음을 알 수 있다. 진채선은 전북 고창 출신으로 조선 후기 음률과 가무에 능했던 우리나라 최초의 여성 판소리 명창이다. 판소리 작가 신재효의 유일한 여제자로 알려져 있다. 조선 후기 고종 때 한양 경회루에서 열린 소리대회 낙성연에서 뛰어난 기예를 보여 대원군의 총애를 받았다고 한다. 특별히 〈춘향가〉, 〈심청가〉를 잘 불렀고, 신재효가 지은 단가 〈도리화가〉의 주인공이 되기도 했다. 〈도리화가〉에서 복숭아꽃과 오얏꽃이 나오는데 꽃보다 아름다운 여인을 묘사하기 위한 장치였다. 스승 신재효가 〈도리화가〉까지 만든 것을 보면 진채선을 무척 사랑하고 아꼈음을 알 수 있다. 강철옥 시인은 신재효가 진채선에 대한 각별한 애정을 가지고 있었음을 인식하며 자신도 진채선의 소리에 취하여 있음을 시편을 통해 알려주고 있다. 강철옥 시인은 '외마니 꽃노래'를 바친다고 노래하며 온 힘을 다해 소리하는 여류명창의 한과 절절함을 표현하고 있다. 시인은 시 작품 「판소리」를 보면 분명, 소리병을 앓고 있고 그 소리에 애착과 집착을 하고 있음을 알 수 있다.

신명이시여 어여쁜 우리 님
꽃그늘 떨치고 훨훨 날게 하소서

달빛 어스름 고요한 운현궁
채선의 탄식 담장을 넘는다

천 리 먼 길 외로운 동리정사
고운님 푸념에 상사의 골 깊어도

외마디 꽃 노래 그대에게 바치니
꽃 향에 취해 한바탕 놀다 가세나

둥둥 어화둥둥 야윈 소리판
저고리에 멎은 사위 눈물에 젖는다

- 「진채선」 전문

부채든 단아한 맵시
꿈이런가 득음의 경지

발림 하나 아니리 넉살에
추임새로 화답하는 귀명창

판이 끝난 그믐밤
소리병 앓는 달이 떴다

-「판소리」 중에서

　강철옥 시인은 고향 고창의 시편「고인돌」에서 죽은 이들을 생각한다. 가난하고 궁핍한 삶을 살았던 옛사람들을 생각하며 눈물도 흘리고 온기도 느껴본다. 살았던 시절이 그리워 이끼라도 품었다고 노래한다. 이는 비록 육체는 흙이 되었지만 혼은 아직도 살아 있음을 노래하는 것이다. 작품「선운사 꽃무릇」에선 한 번 스쳤을 인연을 못 잊어 하는 모습을 보여주고 있다. 이들 시편을 통해 강철옥 시인의 고향 고창 사랑의 면모를 시편 곳곳에서 드러낸다. 고향 사랑의 마음이 여러 시편을 창작하게 한 것이다. 한편 여행했던 곳의 풍광과 시적 감동의 시편을 통해 자연과 함께하면서 낭만, 고독, 생명력 있는 순간을 잘 포착하고 있다. 작품「여수 밤바다」에서는 낭만을, 「향일암」에서의 '검푸른 고독', 「두문포」의 '습관적 외로움/등불 아래 서성이는 밤'의 고독은 시인의 시를 깊이 있게 음미할 수 있도록 해주는 역할을 한다. 여행 시편「소백산」에선 '고고한 순백'이나 생명력을 함께 느끼고 있음도 확인할 수 있다.

살아 천 년 죽어 천 년 주목
붉은 자태 위 홀연 내려와
눌러앉은 순백

바람꽃 흩어지는 비로봉
바닷소리 나는 정점에
파란 하늘이 지척이다

새 날개깃에 숨어온 온기
눈물지며 사라지는
고고한 순백

- 「소백산 1」 중에서

아이 숨결 같은 냇물 소리
안간힘으로 봄기운 깨우는데
비로봉 눈보라 세차다

- 「소백산 2」 중에서

또 다른 여행 시편 속에서는 '그리움'이나 '사랑'을 노래한
다. 작품 「숨은벽 1」, 「숨은벽 2」에선 '참사랑'이나 '이루지 못
한 천년 사랑 이야기'를 언급함으로 사랑의 간절함이나 그리
움을 짙게 그려준다. 작품 「선유도」에선 '신심'과 '분홍빛 순
정'의 정서를 표현하고 있다. 작품 「청산도」에선 영화 서편제
를 생각하기도 하고 섬의 구들장 논의 모습, 천천히 걸어 둘러
보는 청산도 아름다운 모습들이 한 편의 그림처럼 생생하게
그려져 있다.

바람결에 얼마나 달렸을까
어둠살 끝 섬이 열리고

달팽이도 함께 걷는 섬길
밤에 내린 안개가 산쑥에 묻어 있다

바다는 섬을 담고 섬은 노래를 담아
한 맺힌 신명 이제껏 돌담을 서성인다

구들장 지혜 자자한 청보리 언덕
섣부른 유채의 자태를 추억하리

씻지 못한 근심 바구니 가득한데
다그치는 선착장에 햇살이 무너진다

-「청산도」 전문

　　4부 시편들은 꽃과 나무 이야기나 계절의 정서를 노래한 시편들이다. 꽃과 나무는 우리 주위에서 흔히 볼 수 있는 시적 소재들이다. 많은 시인이 이를 소재로 시를 써왔다. 꽃과 나무는 그 자체가 아름답기도 하지만 우리들에게 삶의 교훈이나 시적 정서를 느끼게 해주는 소재들이다. 또한, 이 사물들을 통해 우리의 모든 정서를 표현할 수 있게 한다. 그리고 자연과 시인이 하나가 되게 해주는 역할도 하고 '고독이나 기다림'의 정서, '희망과 소망'의 정서를 가지게도 한다. 시 「산수유」에서 연기가 피어 산골짜기에 스며들어 산수유꽃이 핀다는 발상은 참으로 놀라운 표현이다. 흔히 부엉이가 우는 이유는 알을 다른 새 둥지에 낳고 그것을 지키기 위해 운다고 한다. 알에 대한 애착이나 모정의 울음소리일 것이다. 도회로 떠난 가족을 기다리는 간절한 마음이 표현이기도 하다. 산수유꽃이 노랗게 피면 고향에 찾아오는 아이들처럼 그리운 가족들을 만날 수 있다는 마음도 담겨 있는 꽃이다.

> 새끼 반달곰 기지개 켜는
> 지리산 깊은 골 눈 녹아
>
> 산동댁 사랑 아궁이
> 연기 따라 산으로 치닫는 바람에
> 노란 꽃 산수유가 핀다
>
> 장날 굿판 같은 봄 지고
> 진주빛 결실 맺는 가을 오면
>
> 툇마루 비스듬히 선 지팡이 바라보다
> 도회로 떠난 아이들 행여 찾으려나
> 부엉이 우는 소리에 마른 잎만 날린다

동구 밖 장승 새 옷 입는 이른 봄
연기 멎은 굴뚝으로 비가 내리면
산수유 다소곳 다시 피겠지

-「산수유」 전문

강철옥 시인은 작품 「연화지」에선 '찬란했던 연꽃 방죽의 꿈'을 그리워하고 아프게 남은 외로움 속에서 사무치게 배어 있는 그리움을 느끼기도 한다. 작품 「석류꽃」에선 '질투가 빚은/사막 같은 정열'을 작품 「무화과」에선 '꽃 없이 영그는 자색 그리움'을 노래한다. 이 꽃이나 나무 시편에서 공통적으로 나타나는 그리움은 그의 시적 성숙의 산물로 볼 수 있다. 강철옥 시인의 여행 시편에서 또 다른 면은 등산을 무척 좋아함을 알 수 있다. 여행 시편의 「소백산 1, 2」, 「숨은벽 1, 2」, 「한계령」 등의 시편과 4부의 시 중 「산에게」, 「자작나무 숲」, 「겨울 삼각산」을 보면 알 수 있다. 항상 스스럼없이 대해 주는 산에게 고마움도 느끼고 겨울산의 주목을 통해 고통을 견디며 꿋꿋하게 살아온 삶의 강인함을 배우기도 한다. 또한, 철 따라 변화하는 모습에서 삶의 온기와 강한 생명력에 감탄하기도 한다. 강철옥 시인이 만난 '산'과 '꽃', '나무'를 통해 그리움이나 강인함을 느끼면서도 마음둘레 가득 순수함의 시세계가 항상 도사리고 있음과 그가 만난 섬세한 서정의 세계가 작품 전반에 흐르고 있음을 알 수 있다. 여기에 계절 시편에는 네 계절의 시편들이 계절 별로 고르게 실려 있다. 봄 시편에는 생명력 넘치고 꽃향기 가득한 길을 걸으며 그 정취에 취해 스스로 가던 길을 멈추게 한다. 여름 시편을 통해 급류에 몸을 맡기며 신선이 되어 보기도 하고 자신의 강한 의지를 노래하기도 한다. 또한, 더위가 심했던 여름이 가는 모습을 통해 처절했던 삶의 끝자락을 느끼기도 한다. 가을날 단풍을 보며 '옛사랑의 추억이/울긋불긋 다가온다'라는 표현이나 '붉은 가을이 널려 있다'라는 표현으로 단풍의 가을을 바라본다. 이는 가을의 단풍이 곱고 아름답다는 표현의 인식이지만 낙엽과 함께 떠나갈 가을과의 이별도 아쉽게 생각하는 마음도 담겨 있다. 겨울엔 추위를 견뎌야 하는 산새들의 슬픈 노래를 듣기도 한다. 사계절의 변화는 우주의 질서와 함께 우리 삶에 지대한 영향을 준다. 이 사계절의 경험은 다양한 시적 정서들을 교차시키며 순수하고 진실한 시세계를 보여준다.

부질없이 스러지는 한 해
설렘으로 바라볼 수 있도록
그곳에 있어 줘서 고마워 산아

－「산에게」중에서

떠난 뒷모습보다
아프게 남은 외로움

사무치게 베인
그리움 찾아 나서는 길

-「오솔길」 중에서

질투가 빚은
사막 같은 정열

그 고혹에
멈춰 선 바람

-「석류꽃」 중에서

열대야 재우고
청자빛 고독이 왔다

성하를 회상하며
울먹이는 늦더위

처절했던 생의 끝자락
측은히 보낸다

거스를 수 없는
도도함 믿기에

동풍 부는 그 날이 와도

오늘을 기억하리

-「가는 여름」 전문

　5부의 시는 삶의 현장에서 얻은 시편들이다. 탈북민의 경직된 사고를 통해 시인이 알고 있는 역사나 문학작품 속의 이야기를 전혀 모르고 살아온 삶을 그린 「정주에서 온 은하」를 통해 북한의 모습을 발견한다. 그래도 자신이 생각했던 것을 가식 없이 말하며 열심히 살아가는 모습을 노래하고 「스키점프」에선 포기하지 않는 꿈과 새처럼 자유롭게 날고 싶은 욕망을 노래하고 있다. 작품 「귄있다」에서는 울돌목 신화를 노래한다. '귄있다'라는 단어는 전라도 방언으로 '귀염성스럽다', '매력적이고 사랑스럽다'는 의미로 사용한다. 전남 진도군 태생인 트로트 가수 송가인의 이야기를 시적으로 형상화해 발표한 시이다. 그곳은 이순신 장군의 명량대첩의 고장이기도 하다. 12척의 배로 300척이 넘는 왜군을 물리친 역사적 현장이다. 이 고장에서 나서 자라 대한민국의 트로트여왕이 되었으니 시인은 이것을 현대판 역사적 사건으로 인식하고 이를 시적으로 형상화하였다. 이 시에서 송가인 어머니의 삶과 노래가 겹쳐지면서 송가인의 내공을 노래한 시이다. 절절한 감성과 탄탄한 가창력을 가진 송가인에 열광하는 대중을 '들불'로 비유하며 '울돌목 신화 품은 구원'이라 마무리하였다.

　송가인의 등장을 그만큼 대단한 사건으로 인식하는 시인

의 모습을 한 편의 시에서 발견할 수 있는 것이다.

평안도 기질을 오롯이 담은

낯선 억양에 자부 또한 남달라

그녀의 선조들처럼 강인한 은하는

난군이 최후를 맞은 정주성이

궁금한 내게 오늘도 씩씩하게 말한다

시인 선생 일 없습니다

─「정주에서 온 은하」 중에서

앵무의 비범한 정기 받아

흥 자자한 들노래를

일찍이 터득한 영재가 있었으니

엄마의 바람은 물이었고

애틋한 아리랑의 시작이었다

무림은 거짓 고수만 가득하여

보석 분별이 더뎠으니

무명의 서러움 내공으로 쌓였고

그 한 많은 고백 한마디에

아득히 잊었던 감성을 깨웠으니

대중의 환호가 들불처럼 거세도다

권있는 그대여

울돌목 신화 품은 구원이여

어찌 이제야 왕림하시었소

-「권있다」 전문

　　강철옥 시인은 5부의 다른 시편에서 취미로 하는 것으로 등산과 조기축구가 있다. 현장의 삶과 사유가 시를 낳았다. 「등산」 시편을 통하여 산을 오르는 이는 어진이나 격한이 모두가 오를 수 있다는 것을 강조하면서 오르면 반드시 내려온다는 평범한 진리를 설파한다. 산을 오른 것은 가슴 뜨거운 사람 때문이라고도 말한다. 「조기축구」 시편은 격렬하게 움직이는 운동인 축구를 하면서 평소 자신이 가지고 있던 기만과 비겁함을 모두 떨쳐버리고 싶은 마음을 노래한 시다. 운동이 끝난 다음 마시는 막걸리는 정을 나누는 사람들의 사랑의 눈물이라고 인식하고 있다. 처음 축구를 시작할 때의 결기나 격함은 과장이라 말하면서 남는 것은 사랑과 과장된 전설임을 고백하고 있다. 그만큼 강철옥 시인은 사랑의 감성을 가진 시적 진실을 고백한 것이다. 「밤기차」 작품을 통해서는 인생의 여정을 종착점도 모른 채 살아가는 현대인의 삶을 유추하게 하는 작품이다. 작품 「탁란」을 통해서는 모성과 매섭던 용맹이 사라져 가는 세태를 노래하며 다시 고향을 찾아가고 싶은 마음을 조용히 읍조린다. 삶의 생생한 현장 속에서 살아가는 진솔한 마음이 마음둘레 가득하다. 강철옥 시인의 그 진실성의 추구는 결국 시의 바탕 위에서 성실하게 살아가는 살아 있는 행복이고 기쁨이 될 것이다.

    정해진 시간은
    운명과 같은 것

    창밖은 여전히 어둠
    보이지 않는 종착을 향하여

    청춘의 속도로
    광야를 질주하는 인생호

                                - 「밤 기차」 중에사

    한 잔 막걸리는
    남자가 남자를
    사랑하며 흘리는 눈물

    결기는
    눈동자처럼 풀리고

처진 어깨엔

과장된 전설이 서려 있다

–「조기축구」중에서

　강철옥 시인의 시 80편을 통해 그가 보여준 시정신과 시세계는 모든 사람들이 갖는 정서들을 시를 통해 아름답게 형상화하여 보여주고 있다. 강철옥 시인의 시를 통해 확인한 고독, 순수, 사랑의 시편은 남다른 시적 상상력과 이미지, 시어의 발견과 표현력으로 더욱 감동을 준다. 또한, 시에 대한 부지런함과 꾸준함, 열정과 시 연구는 더욱더 많은 작품과 좋은 작품을 창작할 수 있는 능력을 갖춘 셈이다. 이제 이 시집을 계기로 더 깊이 있고 넓은 시세계 속에 아름다운 시가 탄생되길 소망해 본다.

　시적 삶과 생명력의 강인함 속에서 주옥같은 작품들이 그의 마음둘레 가득 채워지길 소망하며 첫 시집의 탄생을 축하한다. 결국 이 시집은 '강철 세잎과 주옥같은 마음둘레의 시학'인 셈이다. 앞으로 더욱 정진하여 더 좋은 작품이 많이 창작되길 바란다.